Le jour de l'Action de grâce

Jessica Morrison

Weigl

Publié par Weigl Educational Publishers Limited
6325 10th Street S.E.
Calgary, Alberta
T2H 2Z9

www.weigl.ca

Bibliothèque et Archives Canada - Données de Catalogage dans les publications disponibles sur demande
Faxe 403-233-7769 à l'attention du Département des Registres de publication.

ISBN : 978-1-77071-400-7 (relié)

Imprimé aux États-Unis d'Amérique, à North Mankato, Minnesota
1 2 3 4 5 6 7 8 9 0   15 14 13 12 11

072011
WEP040711

Rédacteur : Josh Skapin
Conception : Terry Paulhus
Traduction : Tanjah Karvonen

Weigl reconnaît que les Images Getty est leur principal fournisseur de photos pour ce titre.
Les Archives nationales du Canada : page 7 Dreamstime : page 21

Dans notre travail d'édition nous recevons le soutien financier du gouvernement du Canada par l'entremise du Fonds du livre du Canada.

Table des matières

Qu'est-ce que l'Action de grâce ?

Le jour de l'Action de grâce, les gens montrent qu'ils sont reconnaissants pour la paix, la famille et les bonnes **récoltes**. Ce jour férié rappelle aux Canadiens d'offrir leurs remerciements pour ce qu'ils ont. Au Canada, l'Action de grâce se tient le deuxième lundi d'octobre.

L'Action de grâce des explorateurs

Une des premières célébrations de l'Action de grâce en Amérique du Nord a eu lieu en 1578. **L'explorateur** anglais Martin Frobisher a tenu une cérémonie à Terre-Neuve. Frobisher voulait ainsi souligner que son voyage y avait été sécuritaire. D'autres explorateurs ont aussi démontré leur reconnaissance pour la sécurité de leur voyage. L'un d'eux était Samuel de Champlain. Il a appelé sa célébration « L'Ordre de Bon Temps ».

Un jour férié officiel

C'est en 1879 que l'Action de grâce est devenu un jour férié officiel au Canada. Ce jour a été célébré pour la première fois le 6 novembre 1879, mais la date a changé plusieurs fois par la suite. En 1931, les Canadiens ont commencé à célébrer le jour de l'Action de grâce le deuxième lundi d'octobre. Ce jour-là, plusieurs Canadiens ont un congé de travail ou d'école.

Les symboles de l'Action de grâce

Les aliments tels la dinde et la tarte à la citrouille sont des symboles de l'Action de grâce. On fait un repas spécial ce jour-là. Un autre symbole de l'Action de grâce est la corne d'abondance. C'est un grand cône qu'on remplit avec plusieurs sortes d'aliments. Beaucoup de personnes mettent des cornes d'abondance sur la table pour le repas de l'Action de grâce.

Famille, amis et fête

Plusieurs Canadiens célèbrent l'Action de grâce en faisant un repas spécial pour la famille et les amis. Le repas peut comprendre un souper à la dinde, des patates pilées et de la sauce aux canneberges. On sert souvent de la tarte à la citrouille comme dessert.

L'Action de grâce des Autochtones

Les peuples autochtones ont tenu quelques-unes des premières célébrations de l'Action de grâce. Les Premières nations, telles les Pieds-Noirs, participaient à une cérémonie de récolte. Cette cérémonie servait à offrir des remerciements pour une bonne récolte. La cérémonie de récolte comprenait souvent des danses, des jeux et des courses.

14

Les gens dans le besoin

La période de l'Action de grâce marque la nécessité d'aider les gens dans le besoin. Plusieurs groupes d'églises et communautaires préparent un souper d'Action de grâce. Ils invitent les gens qui sont dans le besoin à venir partager le souper. Certaines personnes donnent une dinde congelée à une banque alimentaire. Alors, on donne la dinde à une famille dans le besoin.

L'arrivée de l'automne

Avec le jour de l'Action de grâce arrive le temps de jouir de l'automne. C'est en septembre que l'automne commence et les feuilles des arbres changent de couleurs. Les feuilles prennent les couleurs orange, jaunes ou rouges. On utilise souvent ces couleurs pour **décorer** la table lors du souper de l'Action de grâce.

La récolte juive

Les Juifs canadiens tiennent un festival d'automne qu'ils appellent *Sukkot*. Tout comme pour l'Action de grâce, les Juifs célèbrent les bonnes récoltes lors du Sukkot. Le festival se tient en septembre ou octobre chaque année. Sukkot dure sept jours.

La Fête de la citrouille

Il y a des endroits au Canada où on célèbre l'automne avec une Fête de la citrouille. Les compétitions de sculpture de citrouille et de confection d'**épouvantails** font souvent partie de la Fête de la citrouille. D'autres événements peuvent faire partie de cette fête, comme une pesée de citrouilles. Les gens sont alors en compétition pour savoir qui aura récolté la citrouille la plus lourde.

Glossaire

décorer	l'épouvantail
un explorateur	les récoltes

Index